ROGER

DE GAIGNIÈRES

ET

SES COLLECTIONS ICONOGRAPHIQUES

PAR

M. GEORGES DUPLESSIS

EXTRAIT DE LA GAZETTE DES BEAUX-ARTS

(Livraison de mai 1870)

PARIS

IMPRIMERIE DE J. CLAYE

7, RUE SAINT-BENOÎT

1870

ROGER
DE GAIGNIÈRES

ET

SES COLLECTIONS ICONOGRAPHIQUES

PAR

M. GEORGES DUPLESSIS

EXTRAIT DE LA GAZETTE DES BEAUX-ARTS

(Livraison de mai 1870)

PARIS

IMPRIMERIE DE J. CLAYE

7, RUE SAINT-BENOÎT

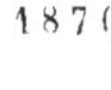

1870

ROGER DE GAIGNIÈRES

François-Roger de Gaignières naquit vers 1644; il était originaire du Lyonnais. Son père, Aimé de Gaignières, secrétaire du duc de Bellegarde, gouverneur de Bourgogne, avait épousé dans le bourg d'Entrains (Nivernais), le 23 février 1642 [1], Jacquette de Blanchefort; son grand-père, Michel Gaignières, était marchand bourgeois de Lyon; son arrière-grand-père, Jean, était, au mois d'août 1579, procureur en la cour de la primatie de Lyon. Roger fut instituteur des enfants de France [2], gouverneur des ville, château et principauté de Joinville, puis écuyer du duc de Guise; à la mort de ce prince, il devint écuyer de Mlle de Guise. Celle-ci légua par son testament à son écuyer, en récompense des services qu'il lui avait rendus, « douze cents livres de pension viagère outre et par-dessus ses carrosses et un attelage dont elle lui fait don et legs [3]. » Roger de Gaignières ne quitta le logement qu'il

1. La personne qui fit dresser l'acte mortuaire de R. de Gaignières était donc mal informée en déclarant ce dernier âgé de soixante-dix-sept ans (ou environ) lorsqu'il mourut, le 27 mars 1715. Selon cet acte, il serait né en 1638; or le mariage de son père n'eut lieu qu'en 1642, et de plus, dans un certificat daté du 28 juin 1684 (*Dictionnaire de Moreri*, VI, 107), Gaignières se déclare âgé de quarante ans.

2. Leprince. *Essai historique sur la Bibliothèque du Roi*. Nouvelle édition, revue et publiée par Louis Paris; Paris, 1856, in-8, p. 209.

3. Bibliothèque impériale. Manuscrits de Gaignières, n° 967.

occupait dans l'hôtel de Guise que vers l'année 1701, époque à laquelle
il alla s'établir rue de Sèvres, en face des Incurables, et c'est dans cette
maison qu'il mourut le 27 mars 1715. Son goût pour les collections se
manifesta de très-bonne heure, et une heureuse organisation, jointe à
une intelligence peu commune, le porta à ne pas agir comme un grand
nombre d'amateurs, qui préfèrent le nombre à la qualité; il donna à ses
recherches un but sérieux, s'entoura autant que possible de documents
parfaitement authentiques et triés avec soin, ayant l'ambition louable
d'avoir, à un moment donné, une histoire générale, composée non-seule-
ment de documents originaux écrits, mais formée pour une part au moins
égale de monuments figurés. Nous n'avons pas à nous occuper ici des
nombreux manuscrits ou liasses de papiers transmis par Gaignières à ses
successeurs; ce travail a été fait avec une conscience et un savoir au-
dessus de tout éloge par M. Léopold Delisle [1], et le recommencer serait
aussi impossible que peu profitable. Nous entendons parler uniquement
de la collection immense de documents figurés laissée par Roger de
Gaignières, et pour cela nous mettrons plus d'une fois à contribution
l'excellent travail de notre savant prédécesseur.

Les collections iconographiques de Roger de Gaignières se divisent en
une infinité de branches qui toutes intéressent l'histoire : costumes, portraits, pierres tombales, tapisseries, sceaux, armoiries, vues de monuments et vues de villes, rien n'a été négligé par l'intelligent amateur
pour donner à son cabinet un intérêt historique presque universel [2]. Une
réunion considérable d'estampes occupait également une place importante dans cette collection; mais les estampes, envisagées au point de vue

1. *Le Cabinet des Manuscrits,* par Léopold Delisle. Paris, Imprimerie impériale,
1868, tome Ier, p. 335-356 Ouvrage faisant partie des Documents publiés par la ville
de Paris.

2. Dans le *Mercure de France* de juin 1727 se trouve une « *Lettre sur le choix
et l'arrangement d'un cabinet curieux, écrite par M. Dezallier d'Argenville,
secrétaire du Roy en la grande chancellerie à M. de Fougeroux, trésorier-payeur
des rentes de l'Hôtel de ville* » dans laquelle il est encore parlé de la collection de
Gaignières et dans laquelle on blâme, sans se rendre assez compte du but particulier
de l'amateur, la façon dont il procédait pour former ses collections. Voici ce passage
(p. 1306). « ... Il faudrait éviter dans ces recueils de faire ce que faisoient Mrs de Gar-
« nières, Clément et Lottier, qui plutôt en historiens qu'en vrais connoisseurs mettoient,
« parmi de belles estampes, les morceaux les plus communs, jusqu'aux almanachs. On
« voyoit dans leurs recueils de portraits ceux de Larmessin et de Montcornet melez
« avec les portraits de Nanteuil et d'Édelinck, ils ne se donnoient pas même la peine
« de s'informer si la personne qu'avoient gravée Larmessin et Montcornet n'étoit pas
« gravée par une meilleure main; il suffisoit qu'ils l'eussent dans leurs recueils sans
« s'embarrasser du choix; c'est ce que je leur ai souvent reproché... »

de l'histoire, fournissent des renseignements que l'on peut à la rigueur se procurer ailleurs, puisque les planches sur lesquelles elles sont gravées subissent le plus souvent un tirage nombreux [1]. Il n'en est pas de même de ces innombrables dessins que Roger de Gaignières faisait exécuter en tous lieux. Chaque fois que, dans ses voyages, il rencontrait un monument, une inscription, un tombeau, une tapisserie ou un objet quelconque qui lui semblait devoir offrir à l'historien un document digne d'être conservé, il en faisait faire un croquis, en prenait un dessin, et au retour il faisait mettre au net les esquisses exécutées sur les lieux mêmes, en face de l'objet qui avait attiré son attention. Ce dessin définitif venait occuper dans la collection générale la place que lui assignait sa nature, et, de cette façon, chaque dessin, intéressant par lui-même, gagnait encore une valeur historique plus grande par la place qu'il occupait dans un milieu analogue et bien choisi.

Pour obtenir ces milliers de dessins qui constituent pour nous la partie la plus importante de la collection de Roger de Gaignières, cet amateur avait attaché à sa personne deux hommes qui le suivaient partout et auxquels il avait en quelque sorte inculqué ses goûts et ses louables manies; ils partageaient avec lui les jouissances que ses découvertes continuelles lui faisaient éprouver, et il n'est que juste de laisser un peu rejaillir sur ces hommes dévoués la reconnaissance qu'inspire celui qui dirigeait leurs recherches et qui commandait leurs travaux.

L'un d'eux, celui qui était chargé de copier les inscriptions, de transcrire les manuscrits et quelquefois même de prendre la substance des documents qui lui étaient soumis par Gaignières, était son propre valet de chambre; il se nommait Barthélemi Remy, et recevait par an deux cents livres; il avait contracté une telle habitude de vivre au milieu des anciens documents, que les écritures les plus difficiles avaient fini par ne plus avoir de secrets pour lui, et qu'il déchiffrait les abréviations comme un paléographe de profession. L'autre, nommé Boudan, était un graveur médiocre qui signa quelques planches sans grand mérite et qui eut le bon esprit d'abandonner, presque entièrement du moins, une carrière dans laquelle il devait peu prospérer, pour suivre Roger de Gaignières et pour se mettre exclusivement au service de l'intelligent amateur. Il y eut plusieurs graveurs du nom de Boudan : celui qui nous intéresse ici est Louis Boudan, fils d'Alexandre, qui eut de sa femme Marguerite Bertrand deux enfants baptisés sur la paroisse Saint-Benoît, le 22 juin 1687

---

1. Les inventaires des estampes possédées par Gaignières existent au département des manuscrits de la Bibliothèque impériale. *Mélanges de Clairambault*, n⁰ˢ 442, 443, 444, 445, 450 et 451. L'inventaire des tableaux ne s'y trouve pas.

et le 14 octobre 1688 [1]. Un véritable traité par lequel sont fixés les prix convenus entre Gaignières et Boudan pour la confection de chaque dessin, selon sa nature et son importance, est venu jusqu'à nous, et nous avons cru devoir le reproduire ici ; on verra par cet acte privé que Louis. Boudan consacrait tout son temps au service de Roger de Gaignières, et que celui-ci proportionnait le payement à l'importance de l'ouvrage. Par cet écrit, Gaignières avait voulu éviter, entre son collaborateur et lui, tout dissentiment et prévenir toute discussion. Voici le document en question [2] :

« *Mémoires des prix dont je suis convenu avec le sieur Boudan pour les ouvrages qui seront bien proprement et deuement faits :*

« Les armes croquées à l'ancre, un liard la pièce.

« Les armes sans support dessinées à l'ancre sans couleurs et un carré à double trait au-dessous pour y escrire, deux liards de chacune.

« Toutes les armes dessinées et enluminées et un carré à double trait au-dessous pour escrire, un sol la pièce.

« Toutes les tombes et épitaphes dessinez comme elles sont, y compris les tombeaux colorez, cinq sols la pièce ; quand ils sont dessinez en voyage ou autrement et quand il les fera tous entiers, 9 sols la pièce, les unes portant les autres.

« Les grandes modes en miniature sur veslin, avec de bonnes couleurs, or et argent fin, le veslin compris, 39 sols.

« Les pièces historiques en miniature, de mesme le veslin compris, 50 sols la pièce.

« Les bordures en miniature avec or et argent fin à de grandes feuilles in-f° comme il y en a desjà pour escrire dans les milieux de toutes sortes de desseins, 45 sols le veslin compris.

« Les jettons dessinés des deux costés, estants comme ils sont dessinés jusqu'à présent, pour chaque jetton, 2 sols la pièce.

« Les veues sur demi-feuilles colorées passeront pour deux tombes, c'est-à-dire 18 sols.

« Les grandes veues ou autres pièces colorées d'une feuille, 3 livres pièce.

« Les tombeaux surchargez d'ouvrage extraordinaire, colorés et dorés d'or fin, 30 sols la pièce.

« Lorsque le sieur Boudan ira à la campagne seul pour travailler pour moy, je luy donnerai pour sa nourriture et pour ses peines et ses ouvrages qu'il fera raisonnablement, 80 livres par mois.

« Fait et arresté avec le sieur Boudan et escrit double ce 1er avril 1709. Signé : de Gaignières, et au-dessous : L. Boudan.

« Pour le collage à bordure des lettres ou autrement in-folio, chaque main, 5 sols.

« Pour chaque mode dessinée et colorée en papier, 5 sols. »

Il faut croire qu'outre ce travail Roger de Gaignières avait encore l'intention de faire graver quelques-uns des tableaux qu'il possédait,

1. Jal, *Dictionnaire de biographie et d'histoire.*

2. Bibliothèque impériale, département des manuscrits. *Mélanges de Clairambault.* n° 436, p. 725.

car, au revers du traité que nous venons de publier, nous trouvons l'acte
suivant, signé par L. Boudan :

« Et à l'égard des portraits que je grave d'après les tableaux de M. de Gaignières
pour luy, nous sommes convenus qu'il m'en donnera vingt livres pour chacun, et me
donnera de sa main l'escrit pour mettre au bas, et les armes ainsi qu'il voudra, soit
que je les grave en sa maison ou dehors chez luy, prévoyant qu'il pourroit avoir affaire
de mon logement pour sa Bibliothèque ou pour bastir une seconde gallerie, dont il
m'indemnisera à cent livres par an, ainsi qu'il a fait par le passé à l'hostel de Guise.
Fait le jour et an que cy dessus. Signé : L. Boudan. »

Un autre acte également annexé au même dossier est ainsi conçu :

« Je promets au sieur Boudan de le loger dans ma maison tant et si longtemps qu'il
travaillera pour moy, sans luy en rien demander et de luy payer le prix de ses
ouvrages qu'il fera suivant un mémoire arresté avec luy ce jourd'huy et fait double,
et pretens s'il mésarive de moy, c'est-à-dire après ma mort, qu'il luy soit payé la
somme de trois cents livres pour reconnoissance de ses peines et en tesmoignages de
quoy nous avons fait ce présent escrit double, ce premier avril mil sept cent neuf. Ont
signé : R. de Gaignières, avec paraphe, et L. Boudan, aussi avec paraphe. »

L. Boudan grava effectivement quelques portraits de dimensions
uniformes et d'aspect assez semblable pour qu'il soit certain que ce sont
bien là les portraits que Roger de Gaignières lui payait vingt livres
pièce. Maintenant quel usage Gaignières entendait-il faire de cette collection de portraits gravés? En consultant ces estampes, qui représentent
des hommes n'ayant souvent entre eux aucun rapport ni de condition ni
de célébrité, on se demande quel pouvait être le but du collectionneur.
Nous savons qu'il avait rédigé des notices étendues sur les personnages
dont il possédait des portraits, notices malheureusement perdues aujour-
d'hui. Avait-il l'intention de faire un recueil analogue aux *Hommes illustres* de Perrault, ou voulait-il simplement, à l'aide de documents bio-
graphiques, affirmer l'authenticité des portraits qu'il avait réunis? En
tout cas, ces projets n'eurent pas de suite, soit que la maladie ou la
mort soit venue brusquement y mettre obstacle, soit que la donation de
la collection au roi ait décidé Gaignières à renoncer à son entreprise; ce
qu'il y a certain, c'est que nous ne connaissons que quinze portraits gravés par L. Boudan d'après les peintures de la collection de Gaignières,
et que ces portraits ne pouvaient à eux seuls composer les éléments
d'un ouvrage. En voici la liste par ordre alphabétique :

> Beaufort (César, duc de Vendosme et de).
> Beaufort (François de Vendosme, duc de).
> Beauvais (Antoine de Brichanteau, marquis de).

Caumartin (François-Lefèvre de).
Caumartin (Jacques Lefèvre de).
Caumartin (Jean Lefèvre de).
Caumartin (Louis Lefèvre de).
Guise (Charles de Lorraine, duc de).
La Trémouille (Louis II, s^r de), vicomte de Thouars.
Louis II, d'Anjou, roi de Jérusalem.
Mayenne (Charles de Lorraine, duc de).
René d'Anjou, roi de Naples.
Richelieu (Armand-Jean Duplessis, cardinal de).
Toulouse (Louis-Alexandre de Bourbon, comte de).
Vermandois (Louis de Bourbon, duc de).

A côté de ces quinze portraits gravés bien lourdement et accusant chez leur auteur une médiocre connaissance de son art, nous trouvons, dans le dossier consacré à cet artiste à la Bibliothèque impériale, trois autres planches qui paraissent encore reproduire des dessins empruntés à la collection de Roger de Gaignières; nous voulons parler des « *Devises sur toutes les parties des armes de messire Toussains de Forbin* « *de Janson, evesque et comte de Beauvais, vidame de Gerberoy, pair de* « *France et commandeur des armes du roy,* » du « *Plan et Description* « *du quartier Saint-Paul* » et du « *Plan et Description du quartier Saint-* « *Martin.* » Ces quelques planches, qui peut-être bien ne sont pas les seules qui aient été gravées du vivant du possesseur, d'après ses collections, mais qui sont les seules que nous connaissions, ne pourraient-elles pas permettre de supposer que Gaignières avait eu, à un moment donné, l'intention de faire graver les dessins les plus intéressants de son cabinet, pour en faire jouir de la sorte un plus grand nombre de personnes; que, comme le père Montfaucon, il avait rêvé d'écrire une histoire de la monarchie française, accompagnée de nombreux documents iconographiques destinés à compléter et à éclairer le récit, et qu'il avait été interrompu dans ce projet, soit par la difficulté matérielle à laquelle une semblable entreprise l'eût entraîné, soit par des raisons de santé qui le contraignirent à y renoncer? Ce qui est malheureusement certain, c'est que cette entreprise avorta, et que ces estampes demeurèrent à l'état de planches isolées.

Si Roger de Gaignières ne put pas, à l'aide de la gravure, donner à ses collections une utilité aussi grande qu'il l'avait rêvée, il se dédommageait en en facilitant l'accès autant que possible. Son cabinet était à la disposition de tout le monde, et quiconque avait besoin de consulter ses portefeuilles était accueilli avec bienveillance et courtoisie. La réputation de l'amateur était immense d'ailleurs, ses relations fort nombreuses [1], et les grands seigneurs, autant que les curieux proprement dits, étaient avides d'examiner ou de consulter les trésors accumulés dans l'hôtel de Guise d'abord, dans la maison de la rue de Sèvres ensuite. De nombreuses correspondances attestent les rapports que Gaignières entretenait avec les Bénédictins, ses auxiliaires bienveillants et tout dévoués, et témoignent en même temps de l'intérêt qu'offrait à quelques grands seigneurs la vue de ces richesses historiques classées méthodiquement et préparées pour le travail. Le duc de Bourgogne fit à Gaignières une longue visite, dans laquelle il montra tout l'intérêt qu'il prenait aux recherches historiques et aux travaux de l'esprit [2], et le *Mercure galant* (avril 1702, p. 302-316) nous a conservé le souvenir de cette visite princière en ces termes :

« Toutes les actions des grands princes estant remarquables, je ne puis me dispenser de vous dire que le 6 de ce mois, monseigneur le duc de Bourgogne, après avoir quitté le Roy à Notre-Dame, fit l'honneur à M. de Gaignières d'aller dans sa belle et agréable maison vis-à-vis des Incurables. Je ne parleray point de M. de Gaignières, il est assez connu. Je me contenteray de parler de sa maison, d'une partie de ce qu'on y vit, et de ce qui s'y passa suivant ce qu'une personne qui eut le bonheur d'accompagner ce jour-là monseigneur le duc de Bourgogne m'en a rapporté.

« Ce qu'il y a de plus surprenant, c'est qu'encore que la même personne m'ait parlé d'une infinité de choses qui méritent qu'on y fasse une attention particulière, elle m'a néantmoins avoué qu'il lui en estoit échappé une grande quantité.

« Pour mettre quelque ordre dans ce que j'ay à vous dire, je vous diray que monseigneur le duc de Bourgogne luy ayant fait savoir qu'il lui feroit l'honneur d'aller chez luy le jour que je vous ay marqué, il y arriva un peu après midy, et ayant traversé une grande cour, il descendit de carosse et monta à l'apartement. Ce prince

1. Voir de nombreuses lettres adressées à R. de Gaignières par l'abbesse de Fontevrault, publiées dans l'ouvrage suivant : *Une Abbesse de Fontevrault au* xviiᵉ *siècle.* — *Gabrielle de Rochechouart de Mortemart. Étude historique par Pierre Clément.* Paris. Didier, 1869, in-8. — L'abbé de Marolles dans ses *Mémoires,* t. I, p. 337-338, parle aussi de ses rapports avec R. de Gaignières.

2. L'Inventaire manuscrit du Cabinet des estampes contient, sous les nᵒˢ 1595-1608, une note écrite de la main de M. Joly, qui doit trouver ici sa place : « Monu-
« ments de la monarchie française, pris sur les anciens édifices, sur les tombeaux, sur
« les vitraux d'anciennes églises et sur d'anciennes peintures, tant manuscrits que
« d'après des tableaux gothiques et modernes, distribués par règnes depuis Louis IX,
« dit saint Louis, jusqu'à la minorité de Louis XIV. Cette collection avoit été formée
« par M. de Gaignières, l'un des instituteurs des Enfants de France sous Louis XIV.
« Il étoit possesseur d'un beau cabinet dont l'objet rouloit sur l'Histoire de France.
« M le duc de Bourgogne, père de Louis XV et son pupille, étoit, dit-on, entré pour
« beaucoup dans les dépenses de M. de Gaignières; aussi celui-ci laissa au Roi par
« son testament cette précieuse partie, laquelle donna lieu au père Montfaucon de
« publier son livre qu'il intitula de même. »

s'arresta dans le salon à considérer un grand nombre de portraits originaux des princes et des princesses des derniers siècles qui sont de la main des meilleurs maîtres.

« Il passa de là dans une grande chambre qu'il trouva ornée d'un meuble aussi riche qu'il est de bon goût, dans laquelle sont des portraits de la maison royale. Il y vit le sien, mais tel qu'il l'avoit donné à M. de Gaignières, lorsqu'il luy fit l'honneur d'aller chez luy à l'hôtel de Guise, il y a dix ans, où M. le duc de Beauvilliers [1] le conduisit avec monseigneur le duc d'Anjou, aujourd'huy roi d'Espagne.

« Ensuite ce prince entra dans le cabinet des tableaux qui attirent l'attention par leur diversité et par leur beauté, et qui sont des originaux du Titien, de Holbein, de Vandeck, de Porbus, de Paul Bril et d'autres peintres des plus fameux.

« Monseigneur le duc de Bourgogne, après avoir considéré chacun de ces tableaux selon son mérite particulier, en considéra longtemps un qui luy parut aussi beau que singulier. C'est une miniature qui peut sans contredit passer pour la plus belle de l'Europe. Elle est d'un pied et demy de large sur un pied de haut. Elle représente l'Entrée du Roy à Lille, en Flandre. On y voit plus de dix mille figures, dont les attitudes sont différentes. Tout y est d'une grande correction. Les tapisseries y sont représentées avec tant d'exactitude et de délicatesse que l'on y distingue les Histoires qui les composent, et même les bordures.

« Ce prince trouva dans le même cabinet plusieurs dessins à la plume faits de sa main, dont il a honoré M. de Gaignières en divers temps, et qui marquent son adresse, son goust et l'étendue de son génie [2]. Il en a aussi de messieurs ses frères, qu'ils ont pareillement donnez à M. de Gaignières.

« De ce cabinet monseigneur le duc de Bourgogne passa dans un autre beaucoup plus grand, remply de plus de quatre cens portraits de personnes les plus illustres de l'un et l'autre sexe depuis plus de trois cens ans, presque tous originaux du temps, parmy lesquels il y en a grand nombre peints par le fameux Janet et par Corneille. Là monseigneur le duc de Bourgogne, à la veue de tant de grands hommes, fit voir que rien ne luy estoit nouveau dans l'histoire, par les circonstances que sa mémoire luy en fournissoit à tous moments, avec des traits de cet esprit fin et délicat qu'il sçait répandre sur tout ce qu'il dit. Après avoir longtemps considéré tous ces portraits, il regarda divers jettons parmi un amas prodigieux qu'en a M. de Gaignières, et, par

1. Le duc de Beauvilliers était le gouverneur du duc de Bourgogne lorsque Fénelon était le précepteur et le cardinal de Fleury le sous-précepteur.

2. Il ne faut voir, dans cette phrase relative aux dessins du duc de Bourgogne, qu'une appréciation de courtisan. Ces dessins, au nombre de cent onze, conservés aujourd'hui au département des estampes de la Bibliothèque impériale (réserve Ad 6), ne justifient en aucune façon les termes élogieux qu'ils ont inspirés au rédacteur du *Mercure galant*. Ce sont des dessins d'enfant sans valeur aucune au point de vue de l'art, et, en dehors de leur intérêt historique, tout à fait insignifiants : ils représentent des chasses, des batailles, des animaux, des paysages et quelques cartes géographiques, et sont signés : *Le duc de Bourgone fecit 14 fb., 1690. Dux Burgundiæ fecit anno 1690 aet. 7°. D. Burgundiæ f. ad d. de Gaignières, 22 déc. 1691. D. Burgundiæ ad d. de Gaignières, 9 aug. 1694.* A la fin de ce recueil se trouvent un certain nombre de dessins non signés. Parmi ceux-ci, qui sont aussi faibles que les précédents, existent peut-être les œuvres de Philippe V, roi d'Espagne, et du duc de Berri.

le jugement qu'il en fit, il fut aisé de remarquer qu'il connoist tout le prix de cette curiosité.

« Une grande galerie qui se présente à la sortie de ce cabinet attira les regards du prince, soit par les portraits des chevaliers de l'ordre du Saint-Esprit, depuis son institution jusqu'à présent, dont M. de Gaignières a déjà une grande partie, et qu'il continue de ramasser tous les jours, soit par une grande multitude de portefeuilles remplis d'une suite de topographie historique en taille-douce et à la main des quatre parties du monde, où sont beaucoup de portraits de rois, de princes et de personnes illustres de toutes les professions, jusqu'au nombre de seize mille; les cartes, les plans, les vues, les tournois, les carrouzels, les cérémonies, et généralement toutes les choses que l'on a pu assembler qui regardent la topographie et l'histoire.

« Monseigneur le duc de Bourgogne trouva aussi dans cette galerie cent volumes de lettres originales de rois, princes, ministres, ambassadeurs, avec des mémoires du mesme caractère et des plus considérables. Ce prince voulut lire luy-mesme quelquesunes de ces lettres. Il se plut surtout à celle que François Ier écrivit dans sa prison aux grands du royaume, et dans laquelle ce généreux prince témoigne des sentimens dignes de son grand courage et de son amour pour ses peuples.

« Après s'estre longtemps promene parmi ce riche et grand amas de curiositez utiles et agréables, il demanda à voir quelques portefeuilles, sur lesquels il s'arresta, faisant paroistre à plusieurs reprises la satisfaction qu'il en recevoit. Il parcourut aussi divers anciens manuscrits curieux, ornés de belles miniatures historiques et importantes, et ce que ce prince en dit fit bien connoistre qu'il a un gout seur et excellent.

« Quoyque monseigneur le duc de Bourgogne eust passé plus de trois heures entières à considérer tant de choses singulières, et que l'on n'auroit pas cru devoir trouver chez un particulier, il ne put cependant tout voir, M. de Gaignières ayant, outre cela, un cabinet qui comprend, entr'autres, plus de six cens volumes manuscrits, tous excellens, tant anciens que modernes. Cela donna lieu à ce prince de luy dire que ce ne seroit pas la dernière fois qu'il viendroit chez luy. Il luy marqua plusieurs fois en sortant qu'il estoit très satisfait et l'assura qu'il lui donneroit son portrait, qui, estant nouvellement peint, seroit plus ressemblant que celuy qu'il luy avoit autrefois donné, et qu'il remarqua auprès de celuy du roy. »

Martin Lyster nous a donné également dans son *Voyage à Paris* une description curieuse du cabinet de Gaignières, qu'il visita en 1698 dans l'hôtel de Guise [1] :

« Je fus rendre visite à monsieur Guainières, à son appartement, à l'hotel de Guise. étant accompagné de l'abbé Droin. Ce gallant homme est la courtoisie mesme, et une des plus curieuses et industrieuses personnes de Paris. Ses mémoires, manuscrits, tableaux, estampes, sont en fort grand nombre, et la méthode dont il les dispose est très particulière et utile. Il nous fit voir ses portefeuilles in-folio, reliés en maroquin rouge fort proprement. Dans un, par exemple, il a les mappes générales de l'Angleterre, ensuite les cartes particulières des comtés. après celles de Londres et des envi-

---

1. Bibliothèque impériale. Mss. français n° 340 du fonds des nouvelles acquisitions. folios 51-53.

rons, avec les vues; les estampes de toutes les places particulières, des édifices considérables, et ainsi de toutes les villes d'Angleterre, des places et maisons considérables des provinces.

« Dans une autre armoire, il a les portraits des politiques d'Angleterre, de la no-
blesse de l'un et l'autre sexe, des gens de guerre, des gens de justice, théologiens,
médecins et autres personnes de distinction. Il a toute l'Europe de cette mannière.

« Ses chambres sont remplies d'un grand nombre de bustes de personnes de distinction en peintures à l'huile et en miniature. Il y a entre autres un portrait original du
roi Jean [1], qui fut prisonnier en Angleterre. Il en fait grande estime.

« Il nous montra les habillements peints en détrempe tirés des originaux de tous
les roys et reines et princes de France, depuis plusieurs siècles en çà; aussi tous les
tournois et joutes en grand, et mille autres choses anciennes.

« Il est si curieux qu'il me dit qu'il n'alloit jamais aux champs sans un *amanuensis*
et un couple d'habiles gens pour le dessin et la peinture.

« Nous vîmes entre autres manuscripts curieux un capitulaire de Charles V, aussi
l'Évangile de saint Mathieu, écrit en lettres d'or sur un vélin de pourpre; il ne me
parut pas si ancien que ce manuscrit que je vis à l'abbaye Saint-Germain, parce que
les lettres en sont plus petites et plus courbes, quoique celles du titre soient parfaitement quarrées.

« Je considéré une chose assés frivole : c'étoit un recueil de jeux de cartes depuis
300 ans; les plus anciennes [2] étoient trois fois plus grandes que celles dont on se sert
à présent; elles étoient bien illuminées et dorées sur tranches, mais les jeux n'étoient
pas complets. »

Ces témoignages écrits donnent une idée suffisante des collections
précieuses réunies par R. de Gaignières; elles nous font pour ainsi dire
pénétrer dans cet intérieur rempli de documents et peuplé de matériaux
historiques. — L'art y avait aussi sa place, car nous avons vu qu'une
galerie de tableaux de maîtres existait dans l'hôtel de la rue de Sèvres,
et ce n'est pas cette partie des collections de Gaignières qui était la
plus connue.

Un rêve passa un jour dans le cerveau de Gaignières; ce fut le
29 septembre 1703. — Il avait vu qu'avec une fortune relativement peu
considérable il était arrivé, à force de persévérance et d'intelligentes
recherches, à réunir une collection énorme de documents écrits et figurés sur l'histoire de France, et il s'imagina que le gouvernement, avec

1. Ce portrait demeura au Cabinet des estampes jusqu'en 1852, époque à laquelle
il fut transporté au Louvre et incorporé dans le Musée des souverains; il est catalogué
sous le n° 39. Dans le tome III, p. 84; des modes provenant de Gaignières, on en voit
une copie sur vélin, au bas de laquelle on lit : *Copié sur un portrait original fait de
son temps dans le cabinet de M. de Gaignières.*

2. Il est fort probable que Lyster désigne ainsi le jeu de cartes dit de Charles VI,
aujourd'hui conservé au département des estampes (réserve Kh, 4), qui provient de
Gaignières, et qui est inscrit sur l'inventaire sous le n° 5634.

les ressources bien autrement considérables dont il disposait, pourrait,
si cela lui semblait bon, prendre en main la direction d'une publica-
tion ayant pour but la reproduction par le dessin de tous les monuments dignes d'être conservés et d'être mis de la sorte au service de
l'histoire et à l'abri d'une destruction totale. Il rédigea à cet effet une
note, dans laquelle il exposa les moyens qui lui semblaient les plus propres
à mener à bien une semblable entreprise. Cette note, publiée *in extenso*
par M. Léopold Delisle [1], fut soumise à Pontchartrain, qui fit rédiger à
son tour le projet suivant pour être soumis au roi [2] :

« L'on a eu soin, dans tous les temps, d'ériger des monuments pour transmettre à
la postérité les événements les plus considérables et les actions les plus éclatantes des
roys et des princes, et mesme des particuliers qui se sont distingués ou par leur valeur ou par leur piété.

« Ces monuments ont été respectés et conservés avec soin dans tous les estats po-
licés, et particulièrement en France jusqu'aux derniers temps, que les gens d'église
seculiers et reguliers sous de vains prétextes, et sans aucun respect de leurs princes
et bienfaiteurs, les ont détruits ou détournez.

« Il semble nécessaire d'arrester le cours de cet abus, et particulièrement pour
conserver ce qui reste de la maison royalle, qui semble avoir esté jusqu'à présent la
plus négligée.

« Presque tous les princes ont pris soin de conserver les monuments qui servent à
relever la gloire de leur maison; celle d'Autriche l'a fait avec une si grande exactitude
qu'elle a mesme donné jusqu'aux portraits des princes de son nom.

« Et il semble très nécessaire de prendre le mesme soin pour l'auguste maison
royalle de France, si supérieure à celle-là et à toutes les autres.

« Pour l'exécution de ce dessein, il est nécessaire de choisir quelqu'un qui soit dans
ce goust, qui puisse, par son expérience et sa capacité, le mettre dans sa perfection.

« On pourroit engager M. de Gaignières dans l'exécution de ce dessein, ayant fait
des recherches pour la maison royalle et pour tout ce qu'il y a de plus curieux dans le
royaume pendant plus de quinze ans qu'il a voyagé dans les provinces avec des des-
sinateurs et des escrivains. On en peut voir un échantillon dans les dessins qui seront
joints à ce mémoire.

« Il parroist nécessaire de lui donner un arrest du Conseil pour l'autoriser à certi-
fier les dessins qu'il fera exécuter.

« Il s'en servira avec discrétion, crainte de faire soubçonner que l'on eut quelque
autre veue que celle de conserver les monuments.

« Des lettres missives de recommandation pourront ne lui estre pas inutiles; mais
il ne faudra s'en servir que lorsqu'il le jugera à propos.

« Pour oster tout soupçon, on pourroit le faire honoraire de l'Académie des inscriptions, et en cas que le roy agrée ce projet, on pourroit commencer au printemps

1. Le Cabinet des manuscrits, I, p. 343.
2. Bibliothèque impériale, département des manuscrits. *Mélanges de Clairambault,*
436, p. 727.

prochain par le Bourbonnais et la Bourgogne, où il y a le plus de monuments de la
maison de Bourbon. »

Des causes qui nous sont inconnues empêchèrent que ce projet fût
mis à exécution, et le rêve de Gaignières s'évanouit; la minute que nous
avons retrouvée et transcrite était cependant rédigée avec intelligence,
et aurait dû, ne fût-ce qu'à cause des flatteries pour la famille royale
dont elle est émaillée, trouver grâce en haut lieu, et le nom de Gaignières, mis en avant pour cette importante mission, eût dû décider de
son succès. Il n'en fut rien cependant, et ce projet, qui, s'il eût été mis
à exécution, eût rendu à l'histoire de si grands services, avorta et ne
fut repris, sous une autre forme, que de nos jours, lorsque la commission pour la conservation des monuments historiques fut, vers 1838, à
l'instigation de M. Vatout, instituée et constituée définitivement.

Non content de faire jouir ses contemporains des documents de toute
nature recueillis par lui, Roger de Gaignières résolut de transmettre à la
postérité savante le fruit de ses recherches incessantes et de ses trou-
vailles heureuses. Lorsqu'il sentit la vieillesse venir et lorsqu'il crut avoir
accumulé un assez grand nombre de dessins, de manuscrits et d'estampes pour que son cabinet pût offrir un intérêt incontesté, il songea à
en assurer la durée et à en perpétuer l'utilité; pour cela, il chercha le
mode le plus propre à conserver intactes les collections qu'il avait réunies avec amour, et il proposa au roi, avec une générosité qu'on ne sau-
rait trop louer, d'accepter à titre de don le fruit de son travail et le résultat des recherches de toute sa vie. Louis XIV s'empressa d'agréer
cette offre généreuse, et sut reconnaître, comme on va le voir, le legs
dont la couronne était l'objet. Le texte même de la donation [1] nous a été
conservé, et nous reproduisons intégralement l'acte par lequel Roger de
Gaignières, tout en se réservant l'usufruit de ses collections, fait au roi
abandon complet des trésors qu'il avait réunis :

« Par devant les notaires du Roy à Paris soussignez fut présent Mʳᵉ François Roger
de Gaignières, ancien gouverneur des ville, château et principauté de Joinville, demeurant à Paris, rue de Sèure, Parr. Saint-Sulpice, lequel a dit que travaillant depuis
longtemps avec un soin, une étude et une aplication continuelle à la recherche de
différens manuscrits curieux touchant les histoires et autres matières, et à la recherche
de tableaux, estampes et autres curiositez, il voit avec plaisir que le succès en a esté
assez heureux pour avoir rassemblé plus de deux mil manuscrits et une quantité considérable de livres, tableaux, estampes et autres curiositez qui composent actuellement
ses cabinets et gallerie. Qu'il seroit fâché qu'après luy ils fussent dispersez et tom-
bassent en différentes mains; de sorte, qu'ayant dessein de les laisser à la postérité, il

1. Bibl. imp., départ. des manuscrits. *Mélanges de Clairambault*, 436, p. 5-7.

croit qu'il ne peut mieux faire pour les conseruer que d'en faire présent au Roy, après
en avoir fait demander la permission à Sa Majesté, dès il y a plus d'un an. Et l'ayant
agreé le dit sieur de Gaignières a, par ces présentes, fait don entre-vifs et irrévocable
au Roy, ce acceptant pour Sa Majesté et par son ordre messire Jean Baptiste Colbert,
marquis de Torcy, con^{er} du Roy en tous ses conseils, ministre et secrétaire d'État et
des commandements de Sa Majesté, commandeur et chancelier de ses ordres, demeurant à Paris, rue Vivien, paroisse Saint-Eustache, à ce présent, tous les manuscrits
tant en parchemin qu'en papier au nombre de plus de deux mil, traitans de plusieurs
histoires et de différentes matières, et tous les livres, tableaux, estampes et toutes les
autres curiositez et autres choses générallement quelconques qui composent à présent
tous les cabinets et gallerie dud^t s^r de Gaignières dont de tout il sera incessament fait
un état qui demeurera annexé à la présente minute; ensuite tous les autres manu-
scrits, livres, tableaux, estampes, curiositez et autres choses générallement quelconques qui se trouveront apartenir aud^t sieur de Gaignières lors de son deceds sans
aucune exception ny réserve, sinon seulement les meubles meublans de ses aparte-
mens, tableaux qui sont actuellement dans sa chambre de parade et dans celle où il
couche, dont il sera aussy fait un état incessamment qui demeurera annexé à ces pré-
sentes; tous lesquelz estats seront paraphés dud^t s^r de Gaignières et dud^t seigneur de
Torcy en présence des notaires soussignez.

« Pour tout ce que dessus donné apartenir à Sa Majesté, dès à présent et estre
mis sitost le deceds dud^t s^r de Gaignières dans la bibliothèque de Sa Majesté ou en
tel autre endroit qu'il luy plaira.

« Et en disposer librement par Sa Majesté ainsy qu'elle avisera bon estre, se
réseruant néantmoins le d^t s^r de Gaignières l'usage et jouissance pendant sa vie à tiltre
de précaire seulement desd^{ts} manuscrits, livres, tableaux, estampes et autres curiositez, pour estre le tout délivré aux gens porteurs des ordres du Roy immédïatement
après la mort dud^t sieur de Gaignières.

« Et le dit seigneur marquis de Torcy, de la part du Roy, pour indemniser en
quelque manière le d^t s^r de Gaignières des dépenses qu'il a faites à la recherche des
d^{ts} manuscrits, livres, tableaux, estampes et autres curiositez, promet au nom de Sa
Majesté de luy fournir incessament et au plus tard dans un mois un contrat de con-
stitution de quatre mil livres de rente viagère sur les aydes et gabelles au proffit dud^t
s^r de Gaignières et pendant sa vie, dont les arrérages commanceront à courir du premier januier de la présente année mil sept cent vnze.

« Plus de luy faire payer en argent comptant dans quinze jours prochains la
somme de quatre mil livres.

« Plus et de faire payer incontinant après le deceds dud^t s^r de Gaignières la
somme de vingt mil livres à ceux en faveur desquels led^t s^r de Gaignières en aura
disposé ou à ses héritiers ou ayant causes.

« Fait et passé à Paris en la maison dud^t s^r de Gaignières, l'an mil sept cent onze,
le dix-neuf feurier, après midi. »

Une fois que Roger de Gaignières eut fait au roi cette donation, on
n'épargna au généreux collectionneur ni les tracas, ni même, on peut le
dire, les affronts. Ses moindres actes furent épiés avec une assiduité in-
discrète; sa bonne foi soupçonnée, et l'honnèteté des gens qu'il avait à

son service presque méconnue. Ces tracasseries et ces ennuis étaient
suscités en grande partie par un homme dans lequel le ministre avait
placé toute sa confiance. Clairambault, généalogiste des ordres du roi,
que Gaignières recevait familièrement, et pour lequel il semble même
avoir eu quelque déférence[1], n'eut pas de tranquillité qu'il ne se fût ap-
proprié pour ainsi dire la collection dont Gaignières avait voulu doter la
France[2]. Pendant la maladie qui enleva Roger de Gaignières, Clairambault rendait compte au ministre de la santé du célèbre amateur avec
un cynisme qui révolte ; il semble attendre avec impatience cette mort,
qui doit l'établir seul maître des trésors accumulés dans la maison
de la rue de Sèvres, et à peine Gaignières a-t-il rendu le dernier
soupir qu'il se fait donner par M. de Torcy toute autorité sur la maison du défunt : il fait apposer les scellés, exige qu'on lui remette les clefs
de toutes les armoires, préside à la rédaction des inventaires, désigne les

---

1. La lettre suivante témoigne des bons rapports qui existaient entre R. de Gaignières et Clairambault : « Je vous renvoye, monsieur, vostre pastel de M. de Beren-
« greuille dont je vous remercie très-humblement. J'ay eu l'honneur de demander à
« Mme de Lesdiguières plusieurs portraits de chr^s de ses parents. M. Pezé qui estoit
« présent dit qu'il vous auoit, monsieur, prêté vn Silly de la Rocheguion et que je
« pouuois vous le demander pour le f. dessiner. Je vous supplie donc de me le prester
« si cela ne vous fait point de peine. Je n'en aucun des troys, ainsy vous ne scauriez
« vous méprendre sur l'un d'eux, mais toujours à condition que cela ne vous déran-
« gera pas. Si vous voulez aussi m'envoyer le cordon noir que je croy estre Benjamin, je
« le verifieray et le feray dessiner estant persuadé que c'est l'huissier des ordres. J'ay
« fait demander plusieurs portraits qui me manquent ; si on me les envoye, je vous
« offre, monsieur, comme j'ay tousjours fait de vous les communiquer ; j'attends des
« nouvelles de votre santé. »

CLAIRAMBAULT.

Paris, 26 février 1706.

Bibl. Imp. Dép^t des Mss. fonds français 24,986, f° 208.

2. Plusieurs manuscrits, reconnus inutiles par Clairambault pour entrer dans la Bibliothèque du roi, ne lui parurent pas indignes de figurer dans sa propre collection.
Il en fut de même des inventaires dressés aux frais du trésor royal et d'un certain
nombre de documents, qui furent également détournés de leur destination par le trop
zélé généalogiste du roi. Nous trouvons encore dans le *Catalogue des estampes du
cabinet de M.* *** (Clairambault), dont la vente se fit en 1755, quelques articles qui
pourraient bien provenir de la même origine : « N° 180. Recueil de diverses estampes
« parmi lesquelles on a joint beaucoup de dessins anciens au nombre de trois cens
« vingt-deux morceaux. — 181. Recueil de pièces historiques concernant l'église
« de Chartres, avec les noms et les armes des évêques de ce diocèse. Ce volume est
« enrichi d'observations manuscrites qui peuvent être très-utiles à l'histoire. —
« 193. Cent soixante-quatre modes de France dessinées et coloriées, recueillies depuis
« Philippe-Auguste (1223) jusqu'au règne de Charles IX (1570). — 194. Deux cent
« cinquante-six modes de France, *idem*, recueillies depuis Charles IX (1570) jusqu'à

livres ou estampes qui doivent être vendus comme inutiles aux collections royales, et obtient du ministre trop confiant que, pour éviter des
détournements, tous les trésors de cette riche collection seront immédia-
tement transportés chez lui, place des Victoires. Clairambault avait, il
est vrai, ses raisons pour agir ainsi ; et, quoiqu'il soit pénible d'accuser
la mémoire d'un homme qui a laissé un nom dans la science, il n'est pas
douteux que toutes ces protestations de zèle et ces suspicions déplacées
avaient un but, celui de s'approprier un certain nombre de documents
convoités depuis longtemps, et désirés avec une ardeur sans pareille.
Lorsqu'on lit les correspondances échangées entre le ministre et Clairambault pendant les dernières années de la vie de Gaignières et pendant les quelques mois qui suivent son décès, on est réellement
peiné de voir la façon brutale avec laquelle les intentions du donateur sont
travesties et la conduite de ses collaborateurs appréciée [1]. Ce valet de
chambre Barthélemy Remy, qui avait acquis, à force de travail et d'assiduité, une érudition bien rare chez des gens de sa condition, est conti-
nuellement soupçonné de détournement par l'homme qui aurait dû être
le plus justement soupçonné ; et le ministre, aveuglé par la confiance
illimitée qu'il avait placée dans Clairambault, se rend à plusieurs reprises
le complice de son mandataire ; il signe les ordres que Clairambault fait
exécuter avec rigueur, et, trop crédule pour les rapports qui lui sont
faits, il se prend à douter lui-même de l'honnêteté des serviteurs de
Gaignières [2].

« Louis XIV.—195. Cent trois modes de France et de pays étrangers pendant le règne de
« Louis XIV. — 196. Quatre cent vingt-sept modes d'Allemagne, Pays-Bas catholiques,
« Provinces-Unies, Espagne, Angleterre, etc., dont partie dessinée et coloriée et partie
« gravée par Hollard. — 197. Deux cent trente-deux modes de Venise, Turquie, Mos-
« covie, la Chine, la Perse, la Grèce, la Judée, partie gravée, partie dessinée et coloriée,
« avec des explications. » Ces cinq derniers volumes furent acquis par la Bibliothèque
du roi. Une partie de la collection Clairambault entra, à la mort de son possesseur,
à la Bibliothèque, en 1755, et nous trouvons dans l'inventaire manuscrit du département des estampes, que nous avons déjà cité plus haut, la mention suivante, sous les
nos 1642, 1643 et 1644 : « Collection de modes de France et estrangers, acquise en 1755
« à la vente du cabinet de M. de Clerambaud, généalogiste des ordres du roy, formée
« de dessins et de gravures en cinq volumes in-fol., reliés en parchemin. On a osté de
« cette suite toutes les pièces qui avoient été copiées plus en petit, d'après la collection
« de Gaignières, lesquelles ont été jugées réunies aux originaux, en sorte qu'il ne reste
« plus que les pièces gravées, dont quelques-unes sont parfois grossièrement enlu-
« minées. »

1. Bibliothèque impériale, département des Mss. *Mélanges de Clairambault*, 436,
passim.

2. La preuve que R. de Gaignières estimait singulièrement les gens qu'il avait à
son service se trouve dans son testament, daté du 17 décembre 1714. Il lègue à Bar-

Cette façon d'agir et cette confiance sans bornes eurent un résultat déplorable pour cette collection, qu'il eût fallu à tout prix conserver intacte. Clairambault fit lui-même le choix des pièces manuscrites, imprimées ou gravées qui devaient être vendues comme faisant double emploi, ou s'il ne voulut pas paraître s'en rapporter à lui seul, il mit sous les yeux des bibliothécaires auxquels fut confié le soin de vérifier les doubles, des inventaires imparfaits et peu complets, qui amenèrent nécessairement des erreurs [1]. La confrontation des exemplaires pour les livres imprimés, des épreuves pour les estampes, était d'ailleurs indispensable pour qu'il pût être décidé en connaissance de cause si tel livre était inutile, si telle gravure se trouvait déjà dans les collections royales. Or cette confrontation ne se fit pas, et la vente fut décrétée par arrêt du conseil d'État du 6 mars 1717. Quelque temps après on voyait placardée sur les murs de l'hôtel habité par Clairambault, place des Victoires, cette affiche qui annonçait la dispersion d'un grand nombre d'objets dont la perte est bien regrettable :

VENTE

DE LIVRES,

ESTAMPES

ET TABLEAVX.

« Le public est averti que mercredi 21 juillet 1717, depuis huit heures du matin jusqu'à midy, et depuis trois heures jusqu'à sept heures du soir, et jours suivants, il sera procédé à la vente des livres, portraits, estampes, porcelaines, médailliers, jetons, tableaux et autres curiositez provenant du cabinet de feu monsieur de Gaignières, à la place des Victoires, dans la maison de monsieur Clairambault, où pareilles affiches seront sur la porte.

« De l'Imprimerie de Jean-Franç. Knapen, rue de la Huchette, à l'Ange. »

On avait remis à la Bibliothèque du roi, le 24 décembre 1716, 2,407 manuscrits estimés 24,060 livres; 24 grands portefeuilles remplis

thélemy Remy, son valet de chambre, 10.000 livres; à Champagne, son laquais, 3,000 livres; et à Françoise, sa cuisinière, également la somme de 3,000 livres.

1. Le 27 mai 1715, le ministre de Torcy écrivait à Clairambault :

« J'ay rendu compte au roy des effets qui composoient le cabinet du feu sr de Gai« gnières, appartenant présentement à Sa Majesté, et j'ay reçu ses ordres sur la des« tination et sur l'usage qu'Elle en veut faire. Elle m'a commandé de vous en instruire, « affin de vous y conformer.

« Le roy veut donc, monsieur, conserver généralement tous les manuscrits, dont il « faut faire deux lots.

.   .   .   .

« Le second lot, qui contiendra généralement tous les autres manuscrits, de quel-

de modes dessinées et coloriées, contenant 2,231 pièces, estimés
2,400 livres ; 31 volumes de tombeaux dessinés, contenant 3,181 pièces.
estimés 3,100 livr.; 117 volumes de géographie, topographie, manuscrits,
imprimés et estampes gravées, contenant 12,885 pièces, estimés
4,509 livres, et 100 volumes de portraits gravés, renfermant 7,752 pièces.
estimés 2,714 livres, et le reste fut livré aux enchères et compris dans
la vente dont nous venons de parler. Ce résidu, soi-disant double et inutile, qui consistait en 2,256 pièces de géographie, de topographie, d'imprimés et d'estampes gravées ; en 15,248 portraits gravés et dans tous
les tableaux, à l'exception du portrait du roi Jean, dont il a été question
plus haut, produisit encore la somme de 16,761 livres 14 sous, qui servit
à payer les frais qu'entraînèrent la rédaction des inventaires, le transport
des collections et les frais d'installation dans l'hôtel de Clairambault.

En 1740, les collections de Gaignières, qui, jusqu'à cette époque,
avaient été conservées à la Bibliothèque du roi dans l'état où elles y
étaient entrées, furent réparties dans les différents départements et
allèrent occuper la place que la nature de chaque objet semblait plus
particulièrement indiquer ; les manuscrits restèrent là où ils avaient été
primitivement déposés, mais ils furent répartis dans les différentes sé-
ries du département ; les estampes et les dessins de modes et de topographie entrèrent dans le Cabinet des estampes, qui venait d'être consti-
tué ; les livres furent remis au garde des imprimés et les cartes géographiques furent affectées, dans le même département, à la section qui
leur était spécialement consacrée.

« que espèce qu'ils soient, lettres, mémoires, traittéz, cartes, modes, dessins, tombeaux.
« enfin généralement tout ce qui est fait à la main. doit estre mis à la Bibliothèque de
« Sa Majesté.

. . . . ? . . . .

« Les estampes seront aussi partagées ; savoir : celles qui ne sont point à la Biblio-
« thèque du roy y seront portées ; celles, au contraire, qui s'y trouvent desjà, et qui ne
« ne serviroient que de doubles. seront vendues, comme les livres imprimez inutiles
« ou doubles.

. . . .

« L'intention du roy n'estant pas de garder les tableaux, il faut les faire estimer
« par des peintres habiles. affin de les vendre ensuite.

« Sa Majesté, sachant qu'on vous a desjà offert quelque argent pour vint-deux
« grands portraits que le sr De Troy, peintre, estime, l'vn portant l'autre, la somme
« de trente livres pièce, le roy veut bien que vous les liuriez à ce prix. faisant aupa-
« ravant un état exact de ces tableaux, au bas duquel vous ferez mettre l'estimation
« du sr du Troy »

. . . .

Bibliothèque impériale. départ. des Mss. *Mélanges de Clairambault,* 436. p. 245.

Telle fut la répartition définitive des différents objets légués par R. de Gaignières au roi de France, et telle devrait être encore aujourd'hui la situation de ces collections si intéressantes. Les choses sont restées à peu près ce qu'elles étaient en 1740, à l'exception toutefois d'un certain nombre de dessins de tombes et de monuments figurés, qui, dans ces derniers temps, ont quitté le département des manuscrits auxquels ils avaient été primitivement attribués, pour venir se joindre aux pièces analogues conservées au Cabinet des estampes. Malheureusement, à la fin du dernier siècle, un vol, regrettable à tous égards, priva la Bibliothèque royale d'un recueil considérable de dessins représentant des tombeaux et des épitaphes [1]. Ces dessins, en grand nombre, — environ trois mille, — reliés en seize volumes in-folio, ont passé la Manche,

[1]. Grâce à l'obligeance avec laquelle M. Boutaric, sous-chef de section aux Archives de l'empire, nous a communiqué le dossier judiciaire qu'il avait découvert, nous pouvons indiquer l'époque précise à laquelle les volumes de Gaignières, aujourd'hui conservés à Oxford, quittèrent la Bibliothèque royale. Une ordonnance datée du 15 septembre 1784, et transmise à Pierre Chenon, avocat au Parlement, conseiller du roy et commissaire au Châtelet de Paris, enjoignait ledit P. Chenon d'opérer la saisie de tous les papiers existant chez l'abbé de Gévigney, garde des titres et généalogies déposés à la Bibliothèque du roi. Cette mesure sévère était commandée par les soupçons qui s'étaient élevés sur la conduite de ce fonctionnaire. Après un examen attentif, la destitution de l'abbé de Gévigney fut prononcée. Il était accusé de détournements de papiers importants confiés à sa garde, et parmi ceux-ci se trouvaient, comme on va s'en convaincre par l'extrait suivant des interrogatoires qu'il subit les 23 et 28 septembre 1784, un certain nombre de volumes et de portefeuilles provenant du cabinet de Roger de Gaignières :

« Interrogatoire subi par ordre du roi, par devant nous, Pierre Chenon........., « par l'abbé de Gévigney......., du jeudi 23 septembre 1784.

« A dit se nommer Jean-Baptiste-Guillaume de Gévigney, âgé de 56 ans, natif de « Besançon, prêtre, docteur en théologie, cy-devant garde des titres et généalogies dé- « posés à la Bibliothèque du roi, demeurant à Paris, quai de la Mégisserie.

. . . .

« Interrogé que sont devenus les 4 pre- « miers tomes reliés en un seul volume « en veau, de l'inventaire du cabinet du « sr Blondeau, que le sr Jault avait remis « au dépôt; l'inventaire manuscrit du ca- « binet du sieur de Gaignières.........

A répondu qu'il croit avoir chez lui le premier de ces trois objets, qui lui avoit été donné par le sieur Jault, objet qui d'ailleurs ne vaut pas 40 sols. A l'égard des deux autres, ils sont à la Bibliothèque, dans les armoires.

. . . .

« Interrogé que sont devenus un porte- « feuille en veau et un carton verd pro- « venant du cabinet de M. de Gaignières, « que le répondant a fait emporter chez « lui par son domestique le 23 mai 1782.

A répondu que vraisemblablement il a renvoié le portefeuille et le carton après en avoir pris les extraits dont il avoit besoin, et qu'ils se retrouveroient à la Bibliothèque.

et sont aujourd'hui définitivement immobilisés à Oxford, dans la bibliothèque Bodléienne[1]. Cette perte est actuellement en partie réparée. A la requête d'une commission prise dans le sein de la section d'archéologie du comité des travaux historiques, et composée de MM. Léon Delaborde, Mérimée, Léon Renier, de Longpérier, Hennin, de Guilhermy, Chabouillet, Albert Lenoir et Dauban, et sur les conclusions du rapporteur

.   .   .   .

« Questions faites à M. l'abbé de Gévigney le 28 septembre 1784 par M. le com-
« missaire Chénon, en vertu des ordres à lui adressés le même jour par M. Lenoir :

« Il doit être resté chez M. l'abbé de « Gévigney : 1° l'Armorial d'Auvergne, « Bourbonnais, Forez, etc., volume in-fol. « manuscrit sur vélin, avec des armes « enluminées, couvert en maroquin rouge « doré sur tranche. N° 2896 du cabinet « de M. de Gaignières.

Se trouve parmi les papiers remis hier.

« 2° .   .   .   .

« 3° Un volume in-fol. manuscrit, cou- « vert en parchemin cotté : Épitaphes des « églises de Picardie, lequel volume étoit « au Dépôt, dans la première salle du « Dépôt, au mois de juin 1781.

N'a point d'idée de ce volume.

.   .   .   .

« Qu'est devenu un portefeuille à dos « rouge du cabinet de M. de Gaignières, « cotté : *Légitimations* et *naturalisés*, « contenant des extraits écrits de la main « de M. de Gaignières?

S'il n'est point à la Bibliothèque, il se trouvera dans le nombre remis hier.

« Des portefeuilles grand in-fol. du « même cabinet, cottés des noms de dif- « férentes provinces, et dont l'un estoit « cotté *Isle de France;* ils contenoient « des dessins à la plume d'anciens mau- « solés et tombeaux des seigneurs, tant « ecclésiastiques que laïcs, et les co- « pies de leurs épitaphes. Ces portefeuilles « estoient placés dans le cabinet grillé de « la seconde salle du Dépôt. M. de Gévi- « gney les a-t-il remis à M. Joly, comme « il l'a dit dans le temps? »

La plupart de ces feuilles étoient pourries et remplies de vers. On a extrait ce qui pouvoit être conservé et on les a insérées dans des cartons d'armoiries et de généalogies. D'autres ont été remises à M. Bignon pour les remettre au cabinet des estampes. Le surplus a été abandonné comme pourri.

(Archives de l'Empire, section judiciaire, Y. 11427.)

1. Ces manuscrits furent légués à la bibliothèque Bodléienne d'Oxford par M. Richard Gough, célèbre topographe anglais, mort le 20 février 1809. Il les aurait acquis, assure-t-on, dans une vente publique faite à Londres.

M. Dauban [1], le ministre de l'instruction publique, M. Rouland, envoya
à Oxford un artiste consciencieux, M. Jules Frappaz, qui, en l'espace de
deux ans, exécuta avec une exactitude dont il n'est que juste de lui
faire honneur, des calques fidèles destinés à combler, autant qu'il
était possible, les vides causés par la dilapidation de ces trésors historiques.

Les services qu'ont rendus et que rendent tous les jours à l'histoire
les collections de Roger de Gaignières sont immenses. Si nous devions
nous en rapporter uniquement à ce qui se passe sous nos yeux, nous pour-
rions affirmer qu'il n'est aucun écrivain moderne curieux de l'exactitude
qui n'ait mis à profit, à un moment donné, les recueils formés par le
vigilant amateur. D'autre part, quelques années après la mort de Roger
de Gaignières, le père Bernard Montfaucon s'exprimait ainsi dans la préface de ses *Monuments de la Monarchie françoise* (I, p. VI) :

> « Le devoir et la reconnaissance m'obligent de faire mention de ceux qui m'ont
> prêté les secours nécessaires pour cet ouvrage. Le public sera peut-estre bien aise de
> savoir à qui il en est redevable. Les recueils de feu M. de Gaignières, mon ami, sont
> les premiers en date. Sans cette avance je n'aurais jamais pu faire une telle entreprise.
> Il m'a fraié le chemin en ramassant et faisant dessiner tout ce qu'il a pu trouver de
> monumens dans Paris, autour de Paris et dans les provinces. Il y a emploié de grosses
> sommes. Je lui ai souvent donné des recommandations pour nos abbayies, où
> il alloit faire ses recherches, menant toujours avec lui son peintre. Je ne savois pas alors
> qu'en lui faisant plaisir j'agissois pour moi : ce n'est que depuis sa mort que j'ai formé
> le plan que j'exécute aujourd'hui ; et sans ce secours je n'aurois jamais pu fournir aux
> frais immenses qu'il auroit fallu faire pour dessiner tant de monumens d'après les ori-
> ginaux, dont plusieurs sont fort eloignez de Paris. Ses portefeuilles sont à la Biblio-
> thèque du roi, d'où, par la faveur et la protection de M. l'abbé Bignon, j'ai tiré une
> bonne partie des pièces qui entrent dans cet ouvrage [2]. »

Le roi Louis XIV, dans les derniers mois de sa vie, se fit apporter à
Marly les volumes de modes et de portraits de rois de France, et prit

---

1. Le rapport a été publié sous ce titre : « Rapport adressé à Son Excellence M. le
ministre de l'instruction publique et des cultes, au nom de la section d'archéologie du
comité des travaux historiques, au sujet de la collection Gaignières, d'Oxford. (Paris,
26 février 1860). In-8. » (Extrait de la *Revue des Sociétés savantes*.)

2. Le père Montfaucon semble, à un moment donné, regretter d'avoir attribué une
trop grande importance aux emprunts faits par lui à la collection de Gaignières. Dans
un avis au lecteur placé en tête du tome III des *Monuments de la Monarchie françoise*, il dit p. 3 : « ..... J'ai déjà dit, dans ma préface au premier tome, que je
« n'aurois jamais osé entreprendre cet ouvrage si je n'avois trouvé de grandes avances
« dans les monuments et portefeuilles de M. de Gaignières, qui sont présentement à la
« Bibliothèque du roi. Il avoit emploié à faire ces recueils bien des années et de grosses

plaisir à les regarder [1]; enfin, — et cela prouve le cas singulier que l'on
faisait dans le monde de la collection léguée par Gaignières — Saint-
Simon proposa à M. de Fréjus, précepteur du jeune Louis XV, de faire
servir cette collection à l'éducation de son royal élève. On aurait mis sous
les yeux de l'enfant les portraits des personnages qui occupaient, à
quelque titre que ce fût, un rang honorable dans l'histoire, et, en l'amu-
sant ainsi, on l'aurait instruit des choses qu'il lui était important de
connaître. Cette proposition n'eut pas de suite, et Saint-Simon se con-
sola de l'insuccès de sa proposition en racontant tout au long dans ses
Mémoires l'entretien qu'il eut à ce sujet avec le futur cardinal de Fleury [2].

En terminant ce travail, dans lequel nous avons cherché à raconter
l'histoire de la collection de Roger de Gaignières, il est une chose que
notre impartialité nous fait un devoir de déclarer. Quelque précieux que
soient les dessins recueillis avec une ardeur et une sagacité singulières, par
le généreux amateur, il ne faut les consulter qu'avec précaution et ne
s'en servir qu'avec critique. La plupart de ces dessins furent, sans aucun
doute, exécutés avec une scrupuleuse exactitude et soigneusement contrô-
lés par Gaignières lui-même. Malheureusement il n'en fut pas ainsi de la
collection entière, et dans quelques dessins reproduisant des vues d'ab-
bayes ou de châteaux, nous avons été à même de vérifier nous-même, en
nous aidant des ruines existantes, que l'artiste avait à plusieurs reprises
transgressé la vérité ou incomplétement rendu ce qu'il avait sous les
yeux. Des difficultés de toute nature rendaient sans doute son travail
pénible et ses études fort ardues; des renseignements incomplets s'op-
posaient souvent peut-être à la réalisation de ses vœux, et un mauvais

« sommes, et fait de fréquents voiages en différentes villes et contrées du roiaume.
« J'ai ajouté aux dessins de M. de Gaignières un grand nombre d'autres pièces, qui
« excèdent même dans quelques volumes celles que j'ai tirées des portefeuilles, et qui
« certainement ne sont pas les moins estimables de cet ouvrage. »

1. Ce fait nous est affirmé par plusieurs lettres du marquis de Torcy et de Clairambault, et de plus par ces deux quittances relevées par nous parmi les *Recette et
despense pour le cabinet de défunt M. de Gaignières, depuis le 18 mars 1715 au
27 juin 1717 :*

« Du 8 juin 1715. Au s[r] Chastelain pour une rame de papier au nom de jésus pour
« coller dessus les modes envoiées en 12 grands volumes au roy à Marly. 40[lt]   15 s.

« Du 15 juin 1715. Au s[r] Boudan pour aider à coller les modes portées à
« Marly. . . . .   6[lt]   —

Le catalogue des dessins contenus dans les volumes présentés au roy à Marly a été
publié dans le tome IV de la *Bibliothèque historique de la France* du père Lelong.
Il occupe dans ce volume les pages 110-133.

2. *Mémoires de Saint-Simon.* Édition donnée par M. Cheruel, chez Hachette.
tome XVII, p. 309-312.

vouloir du propriétaire pouvait quelquefois aussi entraver ses travaux; d'ailleurs, devant les objets mêmes, L. Boudan ne prenait que des croquis, qu'il remettait au net au retour de ses excursions. Ces croquis pouvaient être parfois incomplets ou insuffisants; la mémoire pouvait ne pas toujours suppléer au trait indécis ou au contour mal arrêté : de là ces erreurs involontaires et ces inexactitudes inconscientes qui nous font un devoir de prévenir l'historien pour lui éviter des méprises qu'il serait le premier à déplorer, et pour le mettre en garde contre certaines inexactitudes qui pourraient lui faire faire fausse route et l'amener à des conclusions erronées.

PARIS. — J. CLAYE, IMPRIMEUR, 7, RUE SAINT-BENOIT. — [818]